FRAGMENTS DE VIES
D'ICI et D'AILLEURS

Michel Francis BUREAU

FRAGMENTS DE VIES D'ICI et D'AILLEURS

Recueil de textes brefs et images

© 2020, Michel, F, Bureau

éditeur : BoD-Books on Demand, 12/14

Rond-Point des Champs Élysées, 75008 Paris

Impression : BoD-Book on Demand, Norderstedt, Allemagne

ISBN 9782322235438

Dépôt légal Juin 2020

Illustrations Michel Francis Bureau

Du même auteur aux éditions BoD-Book on Demand
Limites hors champ, 2018

Sous le pseudo Anton Burlow aux éditions Le manuscrit
www.manuscrit.com
Ange de chair, 2002
Amour hors temps, 2002
Sarah ou le kaléidoscope de mémoires, 2006

"Dans le bref éclat du miroir peut se retrouver toute l'image"
Abdel Kabanovski *Philosophe des lumières oubliées*

I Fragments de vie

Métro

Elle s'est assise près de moi. Je la vois mal, ne peux me retourner, ce qui indiquerait trop clairement que j'ai envie de la regarder, serait une impolitesse comme si j'essayais de la capturer sans son consentement. A un moment elle sort un petit miroir. Se passe un coup de pinceau sur les cils sans doute ou sur le bout du nez qu'elle a doucement recourbé vers le bas. Je devine les lèvres pleines, imagine ses yeux de velours. Odeur de poudre crémeuse comme dans la salle de bain de ma mère, il y a longtemps. Je ne savais pas que cela se faisait encore. Mais peut être que je confonds. Mon regard prétexte la lecture des noms de stations de la ligne affichées sur le haut de la porte à gauche pour la revoir un peu. La courbure du nez ne se présente plus exactement comme je l'avais perçue au début. Elle a maintenant un autre visage tout aussi émouvant. Ah j'avais oublié la coiffure, les cheveux. Je les désirais longs et sombres. En fait un carré couleur crème au café. Je la découvre quand elle sort 2 stations avant moi. Son visage a encore changé. Sa ligne est superbe. Je ne saisis pas encore toute la réalité de son apparence mais je l'aime. Je ne la reverrai jamais.

Quand je la croisai de nouveau un mois plus tard je l'avais oubliée, ne la reconnus pas.

La course

Couvrant le pépiement de quelques oiseaux fous, j'entends le martellement de la frappe des baskets Nike ...sur le sentier caillouteux des coursiers humains lâchés dans la nature pour faire battre leur cœurs, muscler leur jambes effilées, inonder leur tee shirt de bonne sueur. Surgit au coin d'un bosquet, c'est le père d'Éléonore qui martèle ainsi le sol de son jogging. Il a l'air concentré, passe sans la voir. Pendant ce temps sa mère pratique d'autres exercices en chambre chez son kiné qui l'a séduite un jour de cafard alors qu'il pleuvait fort dehors. Elle ne voulait donc pas rentrer tout de suite. Le client suivant s'était perdu. Ils en vinrent vite aux jeux de mains, jeux de vilain, comme on dit et ce fut l'extase. Cela la changeait.Eléonore, elle, suivant docilement sa nounou, va retrouver son bac à sable et Armand qui a de beaux play mobiles et un bon goût de chocolat. Pendant ce temps le père continue sa course. A force, pris dans le rythme, il ne sent plus ses pieds, son cœur, sa tête. Il passe dans un état second où l'effort s'oublie. Le second souffle, dit-on. Il court, il court ainsi comme s'il n'allait nulle part jusqu'à l'horizon inatteignable, comme s'il n'avait plus rien d'autre à faire. Il y a longtemps qu'il est sorti du parc. Maintenant les immeubles se dressent gris sur le blanc des nuages.

Il doit ralentir, accélérer, zig zaguer pour éviter une poussette surgie dans le zig. Il court, il court ainsi des heures, des jours, peut être, pour oublier ou retrouver quoi? Le temps n'existe plus, le temps n'a plus d'importance. Il court ainsi un temps considérable jusqu'à atteindre l'autre cité, la ville qui s'enfonce dans le temps et émerge hors du futur. Il se perd dans le dédale des rues qui descendent de plus en plus profond. Cela ne ressemble à rien de connu. Pourtant il reconnaît la boulangerie verte au coin de cet immeuble gris ; traverse, toujours courant un porche menant à une cour intérieure. Là, un gros chat gris, tapi derrière un arbuste maigrichon, guette quelques pigeons. Cette cour est un cul de sac. Il retourne en arrière, Dans sa course il traverse de grandes portes vitrée, puis un hall immense. Soudain il surgit dans une pièce sombre où bouge tout doucement une foule de gens à l'air défait... Coincé au milieu de ces grands corps tristes, il sautille pour laisser se poursuivre le mouvement de ses jambes qui ne peuvent brutalement passer au repos. Son cœur continue de battre vite, mais maintenant d'appréhension. Au fur et à mesure l'intuition de sa mort vient, puis sa confirmation. Résurgence d'un événement, d'êtres d'un autre temps. Il existe comme cela des points d'espace temps qui restent irrésolus comme des fantômes. On les contourne, oublie un peu, mais ils sont toujours là dans leur altération du sentiment de la vie qui ne peut plus être comme avant. Une fenêtre s'est ouverte. Il saute sur son rebord puis dans la rue juste un mètre en dessous et poursuit sa course vers le futur. Jusqu'à quand?

Chemins de perdition

Les chemins de perdition sont pour se perdre afin d'être retrouvé. Mais parfois on ne s'y retrouve pas.

Le don

Ernest Zapovsky allait bientôt être mis à la retraite. Cela avait commencé à le turlupiner depuis longtemps. Bientôt il ne servirait plus à rien. Les machines distributrices de café, chocolat, capuccino, thé ou sachets de friandises ou même sandwichs seraient installées, réparées par d'autres. Oui il savait que l'on continuerait à l'appeler quelques temps pour différents problèmes techniques minuscules. Puis cela s'éteindrait rapidement. Et pourtant il était un expert. Il serait encore parfois invité aux fêtes de sa communauté, aux pots de retraite de quelques suivants. Il écouterait alors sagement le discours d'adieux du grand chef griffonné sur un bout de papier chiffonné.
Bientôt il serait aussi un peu plus pauvre, mais avec tant de temps libre.
Enfin cette retraite tant attendue était arrivée.
Sa femme l'avait quitté il y a de cela 3 ans pour vivre dans une studette. Elle était toujours caissière au super marché Youpi. Elle passait de temps en temps, comme ses enfants.

Son fils avait trouvé un CDD de laveur de carreaux et sa fille faisait le clown dans un cirque ambulant qui se baladait d'un bout à l'autre de la France.

Dans ce nouveau temps de la retraite Ernest ressentait encore plus le vide de sa vie. Le monde manquait de chaleur. Il n'avait pas beaucoup d'amis, n'ayant pas de qualités particulières, manquant de charisme comme on dit. Pourtant il aimait ces autres, même s'il ne savait pas l'exprimer. Même s'il ne savait pas donner.

Alors, il avait décidé de se bouger. Sinon il finirait poivrot au bar du coin à raconter sa vie. De plus, ce mode d'insertion sociale lui était interdit car il ne buvait pas.

Mais un jour il était tombé sur une association de bénévoles qui partageaient gratuitement leurs compétences. Et lui savait réparer quantité de choses. Il se retrouva ainsi à remettre en état des vélos, des réveils, des jouets, beaucoup de jouets. Cela lui faisait un plaisir fou de voir ces êtres de plastique, métal, peluche, voués à une mort certaine dans les décharges municipales et qui sous sa main experte reprenaient vie. Le baigneur criait à nouveau maman et le rhinocéros papa. Le petit chat tout doux retrouvait son ronronnement et le terrible robot était maintenant capable de casser des murs de briques. Les enfants étaient aux anges et les mamans aussi. Plein de reconnaissance admirative. Il se sentait alors un autre homme, plus accomplis. C'est ainsi qu'il rencontra Léonie qui avait les yeux très doux. Ils entreprirent de s'aimer tendrement.

Chanteur

L'homme est là debout dans la cour de l'immeuble.

Des fenêtres s'ouvrent et des femmes s'y penchent.

Sur un des murs quelques feuilles de chêne lierre grimpent accrochées à leur longue tige serpentine.

A mi parcours une fleur éclate dans un rayon de soleil.

L'homme chante.

Des pièces tombent à ses pieds, pluie de lumière.

Une des pièces n'est pas d'ici.

Un roi à la barbe fleurie y sourit.

Il porte un casque de motard et un costume d'argent scintillant.

Au fond la galaxie déroule ses tentacules sur une nuit d'encre, quelques objets volants tracent des arabesques

L'homme chante en se balançant, dansant presque.

Des enfants surgis de je ne sais où s'éparpillent en une chorégraphie étonnante.

Une femme s'approche, semblant d'enlacement.

Elle l'embrasse puis s'éloigne.

Sa robe bleue, fluide, ondule dans le vent comme une voile sur l'océan des pavés.

C'est bête en trompe l'œil

C'était un éléphant et ils ont dit qu'il était un cochon dont la queue ressemblait à une trompe. Peut être parce qu'il était rose. Mais moi c'est un éléphant que j'avais imaginé. Vous me comprenez ! Un bel éléphant rose à la trompe dressée fièrement vers le ciel. Comme on peut en rencontrer dans les meilleures beuveries. Et ils ont vu un gros cochon rose à la queue en tire bouchon pour débouchonner leurs litrons de vinasse. Oui il n'avait même plus de trompe sinon ils auraient su que c'était un éléphant. Alors le rose n'était plus que cochonnerie ou jambon et non plus le fruit de l'imagination. Je pleurais à chaudes larmes. N'être plus que cochonnerie c'est terrible. Car cet éléphant rose c'est moi bien sur, quand je me présente aux autres. Enfin j'espérais que c'était moi.

Sur le côté de mon regard

Il est là, juste sur le côté de mon regard, Pas très grand. En fait je l'imagine, car la tête est haute d'un tiers de son corps. Mais bien lourd, en bronze sombre peut être. Il porte une coiffe. Ou ses cheveux épais ont été rassemblés au dessus de sa tête. Il a la moustache et la barbe d'un patriarche. Ses yeux sont comme des amandes. Il tient une corne, probablement remplie d'un nectar qu'il va m'offrir. Est-il un roi pygmée ? Il a longtemps vécu chez moi, parmi les plantes vertes, près d'un éléphant en bois aussi petit que lui. Il buvait la lumière du matin, remplissait ses rêves des allées et venue des humains, de leurs conversations. Puis un jour il dut prendre conscience de l'apparition de montagnes de cartons de plus en plus imposantes et bientôt il se trouva enfermé dans un lieu obscur, serré contre d'autres objets inconnus. Puis il retrouva la lumière dans un nouveau lieu ne sachant où se poser. Aujourd'hui il est près de moi qui écrit sur lui, sur le côté droit de mon regard, sur cette table avec le deuxième écran de mon ordinateur, au milieu de quelques livres, DVD et papiers. Il y a longtemps avant son séjour parmi les plantes, il était le compagnon de ma mère. Je ne sais plus où il était posé dans les deux appartements où elle vécut. Probablement non loin du fouillis des tubes de peinture, pastels, papiers canson et toiles pour pouvoir admirer les figures et paysages qui naissaient là sur des espaces vierges. Il baignait dans l'univers des couleurs. J'imagine qu'il venait d'Afrique. Après un long voyage il avait été confié à mes parents par un de leurs amis et s'installa dans ce premier appartement immense et un peu sombre car au rez de chaussé. Mais où vivait il ? Je ne sais plus. C'est étonnant car je me rappelle pourtant très bien de la configuration de ces lieux où je vécus jusqu'à mon adolescence. Il était peut-être sur le dessus en marbre de cette cheminée dans le salon, salle à manger. Sans doute souvent dans le coin atelier de ma mère. Ou encore dans le bureau de mon père, parmi ses livres, à écouter ses conversations avec ses patients. En fait je crois qu'il était partout et nulle part. Il parcourait en esprit le long couloir qui desservait les chambres de mes sœurs et tout au fond celle des parents avec ce grand lit où l'on prenait le petit déjeuner le dimanche, sur lequel on sautait joyeusement avec les cousins, cousines, les jours de fêtes. Dans cette chambre, un boudoir où ma mère devait se maquiller, une salle de bain où j'ai élevé des têtards qui ne devinrent jamais grenouille mais enflèrent énormément grâce à l'hormone de croissance qu'un oncle m'avait donnée. Dans le jardinet derrière la grande fenêtre je faisais décoller des fusées en papier chocolat ou allumais des feux de Bengale. En reprenant le couloir dans l'autre sens on aboutissait, près de la salle de bain commune, à un escalier qui descendait vers une vaste cuisine baignant dans une lumière jaunâtre. Une porte au fond donnait sur des espaces obscurs où sévissait le croquemitaine. Remontant l'escalier et tournant sur la droite le couloir se terminait sur un lourd rideau de velours sombre derrière lequel on guettait l'entrée par où arrivaient les patients de mon père. Avant d'être conduit au salon d'attente par ma mère ou ma sœur aînée, ils pouvaient admirer en face le grand vitrail « Arts nouveaux » de mon grand père représentant un jardin improbable. Le regard collé sur certaines fleurs on voyait la salle de bain. Le salon d'attente était éclairé par un magnifique lustre constitué d'une foule de cabochons de cristal ciselés. Salon d'attente où j'ai longtemps dormis. Est-ce pour cela que j'ai trop souvent l'impression d'attendre. Je m'y réveillais parfois, debout dans le noir, ne sachant plus où j'étais.

Aujourd'hui encore tout ce territoire du vieil appartement bourgeois de la rue Ampère me semble extrêmement étrange. J'ai pu le revisiter grâce au partage avec mon roi pygmée qui a dessiné dans sa mémoire quantité des espaces temps que j'ai traversé.

A Alice

Il fait nuit, mais j'ai la lumière de tes yeux dans ma tête. Ici les rues sont sombres, vaguement éclairées par quelques réverbères. Je traverse les murs sans encombre. Un chat feule à mon passage. Après le 7ème mur je me retrouve dans une cour où se tient un petit arbre rabougri. J'y grimpe pour me lover entre deux grosses branches où je dormirai pour oublier le temps jusqu'au lendemain. Ce lendemain durant lequel je partirai chez toi pour vivre tes caresses.

Transports

Dans les transports, souvent, je retrouve cette femme que je ne connais pas. Je croise son regard parfois, espérant capter son âme. Aujourd'hui j'ai décidé de l'aborder. J'imagine son caractère couleur violette :
- Bonjour madame, pourrais-je faire votre portrait en photo ? J'ai dis portrait afin d'éviter tout malentendu.
- Ah oui ?!

Elle me regarde un bref instant. – Pourquoi pas ! Mais je dois vous confier que chez moi il y a beaucoup d'hommes et de nombreux enfants.

Zut ! J'ai failli louper ma station.

Le lendemain elle est là. Autrement, c'est naturel ! Me voit-elle, songe-t'elle à moi, ombre parmi les ombres qui peuplent les transports ?

Je rêve d'autres transports.

La station suivante est en bord de mer. Elle plonge parmi les vagues. L'eau s'éclate en arabesques sur son superbe corps acajou. Elle revient vers moi, tenant dans ses mains un gros crabe aux pinces menaçantes. Puis, se penchant, elle dépose ce monstre multicolore à mes pieds et s'enfuit jusqu'à l'horizon en riant.

Un jour comme j'allais renoncer à toutes ces histoires fictives c'est elle qui m'aborda.

Monsieur je vous rends toutes ces lettres d'amour que vous aviez laissées dans mon sac. Je ne saurais qu'en faire en votre absence.

Ne me quitte pas

Je me rappelle. Elle est là avec juste quelques mots muets. "Ne me laisse pas"

Je me retrouve dans ce lit, avec une douleur indicible, lointaine à cause des lignes de morphine. La voisine croasse à côté, une nuée noire de corbeaux croassent au dessus d'un cadavre.

Je reviens près d'elle. Je dois partir. La vie qui m'attend autre part. Je reviendrai dans une éternité, dans 5 minutes. Elle perd le temps, sans repères, sans rien à faire qu'à attendre un visage, une présence au seuil de l'inconnu qu'elle n'envisage pas.

J'entends de plus en plus mal, respire avec difficulté. Je les vois flou. Non il n'y a plus personne....   qu'un immense désert. Je bouge à peine, n'en ai plus la force, encore moins l'envie. J'attends   RIEN !

Ces autres

Je me souviens de tous ceux là que je croisais régulièrement. D'autres je ne les vis qu'une fois et je regrette bien certaines femmes inoubliables. Mais donc, je les croisais régulièrement. Quelle pouvait être leur vie hors de cet espace de transit. Lui, je l'ai vu souvent. Toujours seul. Célibataire endurci. Difficile de savoir. Je l'avais croisé vraiment trop rarement hors de cet espace intermédiaire des transports en communs. Je crois bien l'avoir remarqué dès le début de mon arrivée dans cette ville qui me fit emprunter cette ligne de métro. En effet il s'installait toujours dans ce siège non loin de moi en face. Et moi toujours sur un strapontin près de la porte. La place de cet homme et son horaire pour l'occuper était stable. Moi j'occupais presque toujours ce même strapontin.

Mais mes horaires étaient plus variables. Si je le voyais, je n'étais pas du tout en retard. Vous pensez peut être "étrange une place choisie dans ces transports très publics". Oui, étrange sauf en tête de ligne. Faites un "scan" de quelques rames de métro, différents jours à la même heure en excluant le samedi et le dimanche. Ceux que vous retrouvez avec une forte fréquence à la même place se sont très probablement installés en tête de ligne. La probabilité diminuant à la 2ème station, puis la 3ème etc. Dès la 5 ème et même avant on retrouve une distribution hasardeuse.

Donc il est là quand je suis à l'heure, avec son costume cravate, l'air sérieux, nez cassé, allure athlétique. Il pourrait être dans le sport. Bon, d'accord. Préjugé total.

Elle, c'est une belle grande femme. Je la croise souvent dans la rue ou sur le pont, rarement dans le métro. Elle vient vers moi. Fière allure, énergique, visage original, cheveux abondants auburn, fonçant telle une caravelle sur les flots de son destin quotidien. Air un peu dur mais sexy. La croisant dans la rue presque au sortir de chez moi, j'étais en retard. A la fin du pont où à l'entrée du métro c'était bon.

En tenue de camouflage

Soudain je la perçue qui s'avançait vers moi en tenue de camouflage. Un grand manteau brun, de grandes lunettes noires pour oublier son regard. Les arbres, les herbes etc s'étaient écartées sur son passage. Elle était suivie de son chien rat, trottinant.

Sidération

Je me tenais debout. Du temps avait du passer. Mais j'étais toujours là immobile. En haut du clocher, l'heure de l'horloge de l'église qui dominait la place ne changeait plus. Le temps s'était figé. Une araignée avait tissé sa toile entre les aiguilles, une toile immense. Et puis de la végétation aussi avait commencé à investir le cercle des chiffres. C'était comme de la moisissure qui se répandait partout inexorablement.

Je revoyais la scène comme au ralenti, une fraction de seconde qui dura une éternité. Son corps qui dansait un instant, se renversa, tomba si lentement vers le sol. La détonation, dont les échos n'arrêtaient pas de m'assourdir, envahit l'espace. Et cela revenait en boucle, inlassablement. Le coup de feu, son corps qui dansait, la chute.

Un instant précédent qui semblait si loin, elle m'avait souri. J'avais vu le ciel dans ses yeux. Je lui avais souri aussi. Si heureux. J'avais inventé que je l'aimais. Et pourtant je ne la connaissais pas.

Je me tenais debout au bord du vide qui m'appelait. Roulement de la détonation le long des parois du précipice. Béance du gouffre qui avalait la lumière. Peut-être un cri au loin. Impossible de la rejoindre. Elle était au delà.

Je vacillais sur mes jambes. Mais je restais debout. Soudain je me sentis secoué. "Hé l'ami ! Ça va ?" Je réalisais alors qu'il y avait du monde autour de moi. Je balbutiais "Oui, je crois. Laissez-moi."

Peu à peu tout le monde est parti.

Le temps ordinaire avait repris son cours et les aiguilles de l'horloge qui le trace, leur mouvement.

La place était maintenant déserte.

Je retournais chez moi pour retrouver ma vie. Il y avait encore des couleurs dans le paysage, encore à aimer.

Mais qui était cette inconnue tombée devant moi ?

Rêverie

Parc du lundi matin, sous un ciel gris, super calme. Quelques humains rares perturbent la surface du temps. J'erre dans mes pensées.

Substance cris

Dans ses doigts il malaxe la substance cris. Tout un réseau de terminaisons nerveuses se réactive comme des racines issues de la substance qu'il malaxe. Des courants parcourent son corps qui se met à vibrer sur de multiples harmoniques, Son corps qui prend plaisir. Retour à d'anciennes caresses plus ou moins oubliées qui n'ont peut être jamais existé.

Retour à son corps seul. …

Copulations nuageuses

Au dernier étage Alfred comme tous les jours scrute le ciel à la recherche des nimbus, cumulus ou autres nuages de toute taille, toutes formes dont il interprète abusivement les formes lascive pour nourrir sa libido. Je le sais car il me l'a expliqué un soir d'ivresse au bar du coin. Mais plutôt que de contempler les cieux avec Alfred, même si c'est un bon copain, je préfère aller trottiner, pardon faire mon jogging sur la vaste terrasse du toit où s'épanouissent de très belles plantes parmi lesquelles Alexandrine prend le soleil. Elle est canon Alexandrine. Un si joli petit cul quand elle le tourne au soleil et de l'autre côté c'est très bien aussi. Son soutien gorge laisse deviner des seins magnifiques. On a l'habitude de se croiser maintenant. Avant c'était l'indifférence. Je ne faisais que passer. Puis il y une semaine, elle m'a fait bonjour avec un très beau sourire. Avant hier je me suis arrêté de trottiner près d'elle et nous avons échangé quelques banalités, mais qui m'ont procuré un plaisir intense. Hier nous avons discuté plus longuement. C'est pour cela que je sais qu'elle s'appelle Alexandrine. Aujourd'hui il fait très chaud. Elle me demande si je pourrais la tartiner avec sa crème solaire. J'accepte, bien sur. Elle a dégrafé son soutien gorge pour que je puisse mieux étaler la crème sur tout son dos. Je masse tout doucement le dos, les cuisses, les jambes. Semblant de caresses juste à la limite. Elle semble aimer. Puis j'ai l'impression que nous sommes observés et je crois voir Alfred planqué derrière une des nombreuses cheminées qui émergent parmi les plantes des espaces végétaux, mais sans doute est-ce une illusion. Ce doit être dû à un petit sentiment de culpabilité.

Mais alors toi Alfred, tu y étais ? Ben oui que j'y étais. Ce jour là j'en avais un peu marre de contempler les quelques tout petits nuages sur ce ciel d'un bleu tonitruant et réfléchissant dans ma petite tête que je me suis dit que je pourrais monter sur la terrasse pour voir beaucoup plus de ciel et avoir le plaisir de découvrir quelques petits nuages copuler. L'escalier menant à la terrasse débouchait non loin d'une cheminée émergeant dans un des multiples jardins qui décoraient cet espace. Et alors je perçus que je n'étais pas seul. A 10 m de là une femme à demi nue se faisait caresser le dos par un type. Mais oui, je le reconnus, c'était Jacques à qui j'avais eu la faiblesse de raconter mes fantasmes nuageux un soir d'ivresse. Eh ben dis donc il semblait y prendre du plaisir le Jacques. Elle aussi d'ailleurs. Ouais, c'était pas des petits nuages, mais j'aimais bien le mouvement de leurs formes. Oh ! Mais voilà qu'elle s'était retournée, que je voyais ses gros seins. Ils s'embrassaient, se collaient, se mélangeant l'un à l'autre comme les nuages dans les cieux. Bon Dieu ça m'a donné des frissons dans tout le corps.

Nouvelle Babylone

Les tours de la réalité se dressaient au fond de ses rêves. Mais il était encore trop tôt pour en tenir compte. Il devait au préalable parfaire le décor, entreprendre quelques interprétations plus ou moins frauduleuses, fallacieuses ou simplement plaisantes. La nouvelle Babylone était au fond du bar. Il s'y dirigeait sans peur guidé par le sourire enjôleur d'une serveuse au charisme intense.

II Ailleurs

Dragon

Ce jour là le temps était épouvantable. On avait l'impression d'être dans un four transformé en douche. Je revenais de ma chasse avec quelques ragondins, volailles et pierres précieuses extraites de la montagne. J'étais presque arrivé à ma grotte quand un craquement assourdissant, accompagné d'un soulèvement énorme du terrain modifia complètement le paysage. Du fait d'un éboulement, un amoncellement de rochers se trouvait maintenant devant l'entrée de ma demeure. J'escaladai cela à différents endroits et dus me rendre à l'évidence que rentrer chez moi m'était interdit. Impossible de déplacer les blocs de pierres. Une autre entrée existait, mais pour cela il fallait traverser la propriété de Karl, un ancien chasseur de dragons qui avait gardé une haine profonde pour tous ceux de mon espèce. Pas question que je l'affronte ce soir. Je décidai d'aller voir Amédé, un copain, dont la grotte était à quelques km de là. Avant d'y partir, je survolai la montagne de ma grotte pour vérifier que l'autre entrée était toujours accessible. Heureusement, c'était le cas. Quelques temps plus tard je me retrouvais chez Amédé. Sa montagne était bien chamboulée aussi : beaucoup d'arbres abattus, le cours de la rivière pas mal modifié, des bosses là où il y avait des creux et réciproquement. Mais, heureusement, à part quelques gros cailloux sur le chemin pour signaler que la terre avait été un peu secouée, l'entrée de sa grotte était accessible. Je vis bientôt Amédé venir à ma rencontre en voletant.

- Que viens tu faire là ?

- Ben je viens te demander l'asile politique. Figure toi que ce satané tremblement de terre a provoqué un éboulement qui a bloqué l'entrée de ma grotte. Pour accéder à l'autre entrée il faudrait que je traverse la propriété du vieux Karl. J'ai pas envie de me coltiner ses injures ou pire ce soir.

- Pas de problème, ami ! Tu es ici chez toi. Mais dis moi ce Karl était un grand chasseur de dragons.

- Oui il a tué plus d'un des nôtres. Je me rappelle avoir affronté sa bande de fripouilles dans la forêt bleue.

Et nos deux compères d'évoquer leurs glorieux faits d'armes ....

La chasse aux dragons existait depuis le moyen âge. Mais en notre siècle avec le développement de la pensée écolo-humanitaire de plus en plus de monde avait décidé de prendre la défense des dragons. Quelques scientifiques purent démontrer qu'il s'agissait d'une espèce extrêmement intelligente. Des contacts secrets humains-dragons eurent lieu. Ils apprirent notre langue et nous la leur. Enfin l'interdiction absolue de la chasse aux dragons fut décrétée. Mais beaucoup d'anciens chasseurs comme Karl avaient toujours une haine profonde pour les dragons.

Je confiai à Amédé que Karl avait une fille très belle qui m'avait parfois fait les yeux doux. Oui beaucoup de jeunes filles étaient attirées par les dragons, convoitant plus ou moins consciemment les pierres précieuses dont ils étaient les gardiens.

- Bon mais dis moi, va bien falloir que tu rentres chez toi. La loi est claire : "tout citoyen de la contrée a droit d'accéder à son logement. L'empêcher est condamnable".

Le lendemain je me décidais donc à retourner chez moi, quelque soient les risques.

Quand il me vit traverser son terrain, Karl fut pris d'une rage incommensurable, m'inondant d'injures extrêmement nauséabondes, allant même jusqu'à me jeter des pierres. Je souffrais stoïquement et réussis enfin à atteindre l'entrée secondaire de ma grotte. Sa fille Noémie qui avait assisté à la scène me fit les yeux doux et m'envoya un baiser que j'attrapai au vol. Bien sûr il y eu un procès. Le vieux Karl n'acceptait pas que je vienne piétiner ou même survoler son terrain pour rentrer chez moi. Cependant la loi était claire. Le vieux Karl avait l'obligation de dégager un chemin d'accès à ma grotte.

La mer

Ce matin là comme tous les autres jours je prenais le petit chemin de terre qui montait d'abord un peu raide, puis arrivé en haut de la dune me permettait de découvrir la mer. Mais ce matin il n'y avait plus rien, rien qu'un désert gris dont le sol ondulait mollement jusqu'à l'horizon. Cela m'angoissa terriblement. Je me frottais les yeux. Non aucun doute, je n'arrivais plus à percevoir la mer. Et pourtant elle était là hier et avant hier, les jours pairs et impairs.

Soudain à quelques mètres de moi je vis un arbre bouger. Mais pas comme sous l'effet du vent. Non cet arbre était pris de mouvements bizarres, comme s'il se tordait de droite et de gauche, puis il s'arracha du sol, s'éleva et disparut, désintégré. Le même comportement se répandit à d'autres arbres. Au bout de 5 ou 6 je me mis moi même à me tordre de droite et de gauche. Je criais de toutes mes forces "Je ne suis pas un arbre" Ah oui c'est vrai dit elle. Enfin je crois vraiment l'avoir entendu. Je me suis alors retrouvé transporté au milieu du désert gris dont le sol ondulait selon toute une gamme de fréquences. Et cela générait différents phénomènes dont je ne percevais probablement qu'une partie. J'entendais des sons des plus graves aux plus aigus, voyais émerger du sol, tomber du ciel toutes les couleurs de l'arc en ciel. Tout ce que ma sensibilité humaine pouvait percevoir. Un éléphant aurait probablement entendu des infra-sons, une abeille vu les ultra-violets. J'assistais à un immense spectacle sons et lumières. Mais bientôt tout s'effaça. J'étais au centre d'un brouillard dense. Il n'y avait plus rien, plus rien que le gris. Alors une puanteur épouvantable envahit mes narines. J'en suffoquais presque. Quelques instants après qui me semblèrent une éternité, le brouillard commença à s'effilocher. et devant moi s'élevait un tas d'ordures emmêlées à des cadavres humains jusqu'à perte de vue. Face à cette horreur innommable je me mis à pleurer convulsivement.

"Il n'y a rien d'innommable, tout peut être nommé" entendis-je au fond de mon esprit.

Peut être me suis-je évanoui. A mon réveil j'étais toujours dans ce monde gris, sans couleur, d'un silence oppressant. Pourtant l'odeur infernale s'était dissipée et les tas de morts et d'immondices avaient disparu. A la place des formes noires étranges émergeaient du sol. Des sculptures ? En regardant plus attentivement je finis par reconnaître des lettres. Là un e puis un r et devant comme un chameau un m. Les trois sculptures constituaient un mot "mer". Je me hissais sur la pointe des pieds, regardais à droite à gauche pour découvrir d'autres lettres, d'autres mots. Mais j'étais trop petit. Et il y en avait jusqu'à l'horizon et peut être au delà. J'entendis alors un piaillement et un très bel oiseau au plumage noir et turquoise et à la taille impressionnante, un phénix je crois, vint se poser près de moi. Il piailla de nouveau en me regardant. Je compris alors que je pouvais monter sur son dos. Et nous nous envolâmes au dessus de la multitude des sculptures. Le vol se poursuivit plusieurs heures peut-être, loin au delà de l'horizon. En dessous les lignes des sculptures noires sur le gris pâle du sol constituaient comme une écriture. Mais j'étais trop haut pour distinguer les lettres, les mots. Puis nous arrivâmes dans une zone ou seules quelques sculptures plus grandes s'alignaient. Le phénix se rapprocha et je pus alors lire " de l'état de réalité de la mer. Ernest Zapovsky " titre d'un essai visiblement. Ensuite les sculptures lettres étaient plus nombreuses, un peu plus petites, s'alignaient sur des dizaines de lignes et encore et encore. Sur le dos de l'oiseau je lisais ce texte étonnant. Tout cela pourrait-il ressusciter la mer qui s'était perdue ? En tous cas c'était écrit et je finis par y croire. Et la mer revint sous mes yeux dans ma tête. D'abord des photos qui apparurent dans les champs de mots, puis des vidéos et enfin la mer.

J'étais là en haut de la dune, face à la mer.

Je me tenais debout

Je me tenais debout. Il faisait noir. Je ne savais pas où j'étais. Instants d'angoisse. Puis peu à peu, l'éveil, la conscience de ce lieu qui me revenait. J'étais au milieu du salon d'attente. C'est là que je dormais car je n'avais pas de chambre pour le moment. Dans la journée des gens y attendaient que mon père les reçoive. A tâtons je retrouvais le lit et replongeais presque aussitôt dans le sommeil. Une fenêtre avait-elle été ouverte ou s'agissait-il seulement de l'activation de certaines zones de mon cerveau entrant en phase paradoxale ?

Je me tenais debout, le vent sifflait à mes oreilles et le paysage fuyait de part et d'autre de mon regard. Je me tenais debout et la vastitude de la désolation se rapprochait sous mes pieds. Puis le paysage avait cessé de fuir. Ma planche s'était posée en soulevant un léger nuage de poussière.

Je ne savais pas où j'avais atterri. J'avais parcouru des Kms de déserts puis la montagne avait surgi à l'horizon, grandissant imperceptiblement au fur et à mesure de mon avance et j'étais maintenant en son sein. Des légendes disaient que de là étaient issus tous les textes sacrés de l'humanité, qu'en y demeurant trop longtemps on pouvait devenir fou ou extrêmement sage. Devant moi, un sentier sablonneux serpentait à travers les ondulations du relief de pierres ocres, très sec. De rares végétations s'accrochaient aux roches. Il faisait chaud. A l'odeur minérale de la pierre s'ajoutait un soupçon de fraîcheur verte des quelques rares buissons. Mais surtout l'air était envahi d'autre chose que je n'arrivais pas à définir. Une odeur qui ne semblait pas d'extérieur. Odeur de renfermé particulière. Et pourtant que d'extérieur ici, découpé par les ondulations et reliefs acérés de la montagne jusqu'au bout de la vue. Parfois sous mes pas le sol crissait comme si je marchais sur de vieux papiers. La roche semblait striée avec des variations régulières de teintes, mais à des échelles différentes selon l'endroit où l'on regardait. Puis je réalisai enfin. Cela semblait tellement incroyable que je ne l'avais pas perçu tout de suite. Oui, toute la surface ocre de cette montagne était parcourue de signes noirs qui constituaient une écriture. Cette matière était étrange. Parfois des bourrasques de vent arrachaient des feuilles de texte aux ondulations du sol, et dessous d'autres textes apparaissaient comme si cette montagne était un chaos de livres mêlés les uns aux autres. Et cette odeur envahissante particulière était celle de vieux livres. J'entrepris une promenade pour découvrir ce que pouvait raconter ces textes. Mais la plupart étaient dans une langue incompréhensible ou encore l'écriture était difficile à déchiffrer. Je trouvai quand même quelques écrits en français, anglais ou espagnol que je pouvais comprendre. Mais jusqu'à présent aucun ne me séduisait. Il s'agissait ici de la préparation des chenilles au gingembre. Plat hautement aphrodisiaque. Mais, pour en profiter, la super copine n'était pas là. Ailleurs il était question des meurs des IA de 7ème génération. Trop sérieux à mon goût. Plus loin il était conseillé aux chasseurs de fantasmes de rester à l'ombre ou au moins de porter un chapeau à larges bords afin d'éviter la génération de monstres difficiles à contrôler. Il m'était maintenant évident que c'est là que Moïse avait trouvé les tables de la loi. Mais comment avait-il fait pour les trouver dans tout ce fatras. Sans doute, avait-il été aidé par son Dieu, grand bibliothécaire. Ou peut être y avait il moins de textes à cette époque d'avant l'imprimerie.

Mais ce n'est pas ce que me soufflait l'esprit de cette montagne qui était déjà là depuis l'aube de l'humanité.

Puis soudain le sol se mit à trembler. Je paniquai. Dans un grondement sourd, des lettres, des mots, des phrases, parfois des pans entiers de textes étaient expulsés du sol. Puis apparurent des bandes de mini tornades, courants d'air fantasques, créateur de rencontres fortuites entre différents éléments de langage. Sous mes yeux les signes avaient de plus en plus de mal à se rassembler de manière sensée. Parfois la rupture s'opérait au milieu d'un mot. Ces fragments partaient se réunir différemment pour d'autres aventures. Formes de copulations étranges. Je réalisai bientôt que je me trouvais là face à un générateur de textes et les textes produits n'étaient pas complètement aléatoires. Non il y avait du sens qui se créait. De nouveaux univers "vraisemblables" que l'on pourrait vivre en suivant des yeux la chorégraphie de ces signes, produisaient un écho avec nos possibles, devenaient possibles. Parfois tout un texte surgissant de ces nuées de signes en mélange interactif, entrait par les yeux jusqu'au cerveau y traçant quelques nouvelles lignes de compréhension, de vie, d'émotion, d'amour.

Alors des mots dont je rêvais sur elle vinrent. Ils la décrivaient si bien. Elle était enfin là, près de moi, avec moi, tout contre mon cœur. J'avais acquis une capacité de conviction telle que c'était comme pour de vrai, comme quand enfant on joue sachant que c'est du jeu, mais aussi on y est vraiment.

Mais les mots peuvent-ils remplacer le réel ?

Et pourtant, elle était là émergeant du sourire d'une vague. Elle jouait avec des petits armés de filets à papillons. Ils poursuivaient les signes, lettres, mots, en capturaient certains. Après les avoir calmé par quelques caresses, ils les distribuaient sur le sol pour y faire naitre de nouvelles histoires. Je réussis moi même à saisir quelques lettres, les assembler et les glisser dans ses oreilles pour lui susurrer des mots d'amour.

Mais bientôt la nuit tomba, le rêve s'effilocha, partit dans les labyrinthes de l'oubli. Il faisait maintenant plein jour, je me réveillai. Je me retrouvais au matin dans l'espace ordinaire de ce salon d'attente. Le lustre, au dessus, scintillait encore de mots.

Plus tard, je me tenais debout au milieu de ce salon d'attente, sous les multiples éclats de lumière du lustre. Il restait une place sur le canapé. J'allais m'y installer pour attendre. Attendre quoi ?

Trottinette

Je me rappelle, j'étais un enfant. Je remontais le temps avec ma trottinette.

Un temps de robots

L'homme est debout sur une planche. Il avance assez vite. Allure d'un coureur à pied. La planche est propulsée par 5 hélices. Elle est à peu près à 20 cm du sol, ce qui évite les à coups liés aux irrégularités du terrain. Un système de détection permet d'éviter les obstacles ou autres surfeurs des rues. L'homme rêve ou il est en visio-conférence ou encore regarde ou re-regarde une de ses séries préférées.

L'homme c'est moi, Oleg, Oleg Shwartzblak citoyen de sa majesté la mégapole du grand fleuve, cadre de niveau 4 dans l'entreprise Im3D qui fabrique et vend des imprimantes 3D. J'habite dans le 110 ème district non loin de la mer du nord. Mon lieu de travail est dans le 87 ème en bordure du grand fleuve. La mégapole est traversée par un vaste réseau de forêts qui constituent des pièges à carbone. De nombreuses éoliennes et capteurs solaires se distribuent le long des voies de communications : autoroutes, voies ferrées. D'autres systèmes comme le métro HR (Hyper Rapide) sont enfouis. Cependant malgré de grands progrès dans l'industrie écologique un réchauffement climatique de presque 3 °c relativement aux années 2000 n'a pu être évité. La montée du niveau de la mer a nécessité le réaménagement de certaines côtes. Chaque matin et chaque soir, quand je ne travaille pas chez moi, je prends la ligne 2 du métro HR puis ma planche. Mon trajet est programmé. Comme beaucoup de surfeurs des rues il m'arrive de jouer. Parfois le jeu peut concerner mon travail. Alors dans mon visiocasque l'écran de mon entreprise s'allume en priorité et je peux voir l'armée de tous mes collaborateurs dont moi en costumes plus ou moins bizarres, genre comics, en train de combattre un monstre qui est l'entreprise à conquérir ou abattre. Les points de mon entreprise et de l'entreprise adverse s'affichent en haut de l'écran. Bien sur il ne s'agit que d'un jeu qui ne fait que présenter sous forme ludique la vraie bataille qui se joue sur les marchés via nos ordinateurs. Mais cela permet de mieux souder les liens entre les collaborateurs et stimule leur agressivité.

Pour aller au bureau, je préfère souvent traverser la galerie des œuvres holographiques qui est sur le trajet. Chaque jour une œuvre différente de l'artiste du mois est exposée par l'association Eternity Art subventionnée par notre entreprise. Un moyen de se faire de la pub tout en payant moins d'impôts. Actuellement la tendance est aux arts participatif et immersifs. Dans les arts participatifs les spectateurs sont incités à avoir un rôle dans l'œuvre, ils en font partie, s'y expriment. Aujourd'hui c'est Anton Kabanovsky, artiste de la confédération balkanique qui lui fait de l'art immersif. C'est à dire que grâce aux progrès considérable en image de synthèse holographique le spectateur est plongé dans l'œuvre, la vit. J'ai bien sur débranché mon casque pour m'intégrer au décor ne gardant que les écouteurs pour la sono de l'expo à laquelle je me suis connecté.

Je suis maintenant dans une forêt très ancienne. C'est ce que je ressens. Il fait presque nuit. Des arbres semblent émaner une très faible lumière. Soudain la terre tremble, se fissure. Je suis terriblement secoué, des lianes apparaissent auxquelles je m'accroche. Puis à quelques mètres surgit un énorme dragon taupe (du moins c'est ma représentation) à la tête ornée d'une crête multicolore, les orifices de son groin crachant une fumée à l'odeur d'essence. Puis sa bouche pleine de dents terrifiantes s'ouvre en grand et il hurle. C'est assourdissant, angoissant, comme un pleur de rage. Toujours hurlant il dit "voyez mon message". De ses pattes griffues il brise alors quelques arbres qu'il lance contre le ciel pour y écrire :

Libérez moi ! Libérez vous !

Ça y est, je suis sorti de l'expo tout tremblant, ému jusqu'au fond de mon être.

Je réactive mon casque. Se présentent alors les graphiques sur mon employabilité et ma probabilité d'être licencié. Nous sommes dans un monde où les travailleurs doivent être hyper flexibles, mobiles. Malgré tout le chômage reste très élevé car il est impossible d'atteindre des niveaux de croissance suffisant. Je suis maintenant arrivé sur le campus où se trouve mon entreprise. Je débranche mon casque pour me diriger vers mon bureau. Je suis dans un espace gris pâle dans toutes les directions. On semble être dans un nuage de brume. Mais des logos lumineux avec un nom et des indications de fonction sont très visibles, nets. Cela fait comme une forêt de totems. Les noms sont étranges. On a par exemple tigre ardent directeur adjoint des services commerciaux, kangourou teigneux direction de la prospective, belle guenon chef de la publicité. Ces dénominations funs ont été acceptées récemment car nos psy ont réussi à convaincre la direction générale que laisser chaque collaborateur s'attribuer un totem était très bénéfique pour le moral et donc l'efficacité. Bon j'ai trouvé ma tanière. Moi c'est Lynx xxx. Lynx pour ses oreilles super fun que j'adore et xxx pour faire sexe. Je suis responsable du marketing. Notre entreprise fabrique et vend des imprimantes 3 D. C'est un secteur encore en pleine expansion grâce aux découvertes de nouveaux matériaux pouvant être sculptés par ces machines. Mon travail est entre autre de savoir, prévoir qui pourrait donc avoir besoin d'une imprimante 3D. Souvent ces besoins sont méconnus et nos services commerciaux ont beaucoup de travail pour révéler aux clients potentiels leurs réels besoins. Un petit clic sur l'appli de mon phone et l'espace avec mon bureau et mon ordi apparaît. Cela fait quelques années que l'occultation d'objets simples de grandes dimensions tel que le rectangle d'une paroi a pu être commercialisée. Les premières recherches dans ce domaine datent d'il y a plus de 40 ans. Ici il n'y a que des bureaux. L'usine de fabrication de nos imprimantes est un peu plus loin. La délocalisation dans des pays lointains est une époque révolue. Cela non seulement parce que les coûts de fabrication dans ces pays ne sont plus aussi intéressants mais aussi parce que pour des raisons économiques et écologiques on préfère maintenant fabriquer sur place. Dans cette usine les imprimantes sont assemblées par des robots avec juste quelques humains pour les surveiller, les réparer ou accomplir les tâches les plus délicates. Certaines pièces, bien sur, sont fabriquées par nos imprimantes. Cela ne fait que quelques années que l'on a vu apparaître des robots, disons plus humains, qui peuvent faire le ménage ou accompagner des personnes âgées. Leur coût reste cependant très élevé et seul des entreprises riches comme la mienne ou des maisons de retraite pour vieux fortunés peuvent en acquérir. Notre robot de ménage s'appelle Alfred, avec Léontine qui le supervise ils s'occupent de l'entretien des surfaces d'où leur nom de technicien de surface. On a fêté l'anniversaire des 3 ans d'Alfred il y a deux semaines.

Ce matin tout semblait calme, habituel. J'entendais juste le bruit des allées et venues d'Alfred et Léontine accomplissant leurs tâches ménagères. Mais on était mercredi et ce jour là Alfred était à l'atelier pour sa révision hebdomadaire. J'allai voir, intrigué. Et je fus surpris de rencontrer 2 robots très différents d'Alfred mais qui s'occupaient aussi d'entretenir, embellir les surfaces à l'aide de quantité de produits Bio. J'étudiais attentivement du regard les deux nouveaux occupants de nos locaux, puis j'allais chercher quelques informations les concernant sur le réseau. Là j'appris que l'entreprise Labtronic avait décidé de réduire le prix de vente de ses robots ménager de manière phénoménale. Sur le retour en pilotage automatique je regardais "Breaking News". Dans une interview le directeur de Labtronic déclarait que son entreprise travaillait au progrès humain. Maintenant grâce à leur offre la plupart des particuliers pourraient s'offrir un robot de ménage.

Le lendemain tous les cadres de mon entreprise avaient une réunion avec la direction de la prospective. Avec tous ces robots à fabriquer Labtronic aurait certainement besoin d'acquérir plus d'imprimantes 3 D. Il fallait les contacter très rapidement pour leur faire une offre.

En tant que responsable du marketing j'étais directement concerné. Il faudrait établir une stratégie avec le service des ventes. Peu de temps après cette réunion je me retrouvais dans ce que nous appelons le couloir des ombres pour mon rendez vous hebdomadaire qui cette fois avait été avancé vu les circonstances. Ce système développé par les psycho-informaticiens était maintenant courant dans de nombreuse entreprises et remplaçait en grande partie les traditionnelles réunions avec ses supérieurs hiérarchiques (dit n+1, n+2 etc dans le jargon). On avait constaté que beaucoup de changements, passages à l'action se faisaient plus aisément si chacun d'entre nous se choisissait un mentor qui était un être fictif évoquant une personnalité qui nous avait marquée et avec qui l'on pouvait discuter pour avoir des conseils. Lors des premiers balbutiements de ces techniques de psychologie dans le cadre du développement personnel, le mentor était représenté par soi-même. Cela pouvait faire penser à cette très ancienne pratique de l'examen de conscience dans la religion catholique, mais dont les buts étaient très différents. Le petit être de la conscience était alors autant soi que le confesseur. Ici en ce milieu du 21ème siècle le mentor était soi-même et la voix de l'entreprise. La nouvelle approche de la psycho-informatique avait permis la mise en œuvre de ces techniques de manière bien plus efficace grâce entre autre à l'imagerie 3 D holographique. Pour moi le mentor me ressemblait sans être moi même et avec 20 ans de plus. Il s'appelait Karl. Au début il y eut quelques réticences. On trouvait ridicule de devoir discuter avec un être fictif. Mais les psy de l'entreprise avec tout leur savoir-faire et quelques menaces sous jacentes de la direction réussirent à nous convaincre de participer.

Quand tu entres dans la pièce qui t'est assignée une lumière solaire projette ton ombre sur le sol. Tu vas aller à la rencontre de ton mentor. Ce mentor c'est un peu toi. Toi en fonction de tout ce que nous savons sur toi. Au fur et à mesure de ton avance ton ombre sur le sol va se dresser sur le mur en face. On te demande alors de t'asseoir. Ton ombre se précise. Tu t'y distingues un peu flouté. Puis c'est bien ton mentor en 3 D face à toi. L'entretien peut commencer.
Au début il me demandait où en étaient mes cours de socialisation. Oui c'était un début classique pour moi mais aussi beaucoup d'autres je crois. Nous étions nombreux à suivre ces cours car à vivre la plupart du temps dans différents mondes virtuels on risquait de ne plus pouvoir, savoir, être réellement en contact avec l'autre. Ensuite nous avons analysé en détail comment procéder pour augmenter nos parts de marché face à cette irruption soudaine de robots à bas prix.

Les jours suivants d'autres types de robots dont ceux de Labtronic avaient baissé leur prix. Maintenant cela concernait des robots de soins, de surveillance, d'accompagnement de personnes âgées....
Quelques semaines plus tard nous avions réussi a obtenir quelques ventes d'imprimantes 3 D et contrats d'entretiens avec la société Labtronic et une autre, ce qui pour notre entreprise permettait de maintenir sa prospérité. Cependant cette irruption massive des robots dans plusieurs secteurs avait provoqué de nombreuse mise au chômage.

Aujourd'hui le parcours de ma planche est ralenti. A un moment même je n'avance plus. Je passe en mode direct et constate que je suis entouré d'une foule de gens sur planche ou à pied qui hurlent des slogans : A bas les robots, mort aux robots, rendez nous nos emplois ..... Des panneaux Holo où l'on voit en 3 D des robots souriants proposer leurs services sont renversés, piétinés. Un magasin de vente de robots au coin de l'avenue est saccagé. Ces humanoïdes sont traînés, puis entassés les uns sur les autres. Leurs bras arrachés servent de massue pour les écrabouiller. Quelqu'un qui a trouvé un lance flamme les incendie. La foule hurle des chants barbares, une épaisse fumée noire de plastique en feu s'élève. Les comités écologiques seront furieux. Bientôt les forces de l'ordre apparaissent.

Elles dispersent la foule sans ménagement. Des pompiers éteignent le feu de plastique des robots.

Les jours suivant malgré leur interdiction d'autres manifestations violentes ont lieu. L'État décide d'imposer une taxe sur les robots qui permettra de renflouer les caisses du chômage. Mais cela ne peut pas créer d'emplois. La tension continue de monter. Des manifs ont lieu tous les jours maintenant. Des facultés et des usines ont été envahies par les révoltés. Un jour, en sortant du travail, alors que mon parcours est bloqué par une manif, je reconnais Léontine, l'ancienne technicienne de surface pour nos bureaux. Je l'appelle. Elle vient vers moi. Puis nous engageons la conversation. Elle m'explique comment elle a été remerciée pour ses services sans préavis, les longues files d'attente au bureau des indemnités. Son homme qui était aide dans une cantine a aussi été remplacé par un robot. Elle pourra peut être trouver un emploi de serveuse. Les robots ne sont pas encore assez habiles pour ce genre de travail. Mais elle est sûre que cela ne va pas durer. Je suis d'accord avec elle. Les progrès en robotique vont si vite ces derniers temps. Enfin, elle et son homme ne peuvent plus payer leur logement, il va falloir qu'ils déménagent pour aller vivre dans une zone de "cages à lapins" comme elle dit. Sur la suite du trajet je ne pense même pas à jouer ou regarder une de mes séries préférées. Ce soir, heureusement, je ne vois pas Sylvia ma maîtresse du moment. Cela aurait été catastrophique même avec toute la panoplie d'adjuvants sexuels dont on dispose à notre époque. La nuit je fais un cauchemar, le dragon taupe a fracturé le plancher pour surgir dans ma chambre, il casse tout, hurle libérez moi en lettres de feux sur des foules de manifestants bientôt engloutis dans la boue de marécages que piétinent des armées de robots. Les jours suivants j'accomplis mon travail consciencieusement. Mais je n'y suis plus. Quelque chose s'est cassé. …. Et puis un jour la direction me propose de partir dans la région centre de la France pour contribuer à la mise en place d'une nouvelle usine d'imprimante 3 D car là bas Labtronic a décidé d'implanter une grosse unité de production de robots. C'est une belle opportunité. Mais, instinctivement, je refuse le poste et suis donc licencié. Besoin de rester là pour assister, peut-être participer à la suite des événements ? Conscience obscure d'être impliqué dans quelque chose d'injuste ? Cependant je fais toujours partie des privilégiés et mon employabilité reste assez élevée. Je profite des quelques jours ou semaines qui me restent avant un nouvel emploi pour aller aux manifs. Là c'est vraiment la fête, chacun amène sa musique, de la boisson, des nourritures qu'il fait partager aux autres. On n'est plus uniquement enfermé dans nos univers virtuels via nos vidéos casques. On préfère discuter avec les voisins, danser. C'est ainsi que j'ai rencontré Amélie avec qui j'ai tout de suite sympathisé, puis comme l'on se plaisait on en est rapidement venus à des jeux plus intimes. Je me suis ensuite plus intégré au mouvement. On a occupé plusieurs Facultés dans le vieux Paris qui fait partie du 85 ème district de la mégapole du grand fleuve. Via l'internet et les réseaux sociaux le mouvement s'est étendu à de nombreuses mégapoles de l'union. Le pouvoir en place est très ébranlé. Bientôt des élections ont lieu dans plusieurs groupes de cités. Cela permet la mise en place d'un pouvoir fort, intransigeant, qui rétablit "la paix civile" en libérant les facultés et usines occupées. Les mois suivant de vastes zones sont aménagées pour loger tous les nouveaux pauvres dans des préfabriqués. Les quartiers riches s'entourent de remparts infranchissables. Dans les quartiers qui sont restés ouverts, le mouvement vers une économie participative qui avait été initié dans les années 2000 s'accentue. C'est de l'échange de services, de la vente sans intermédiaires, parfois du troc, des systèmes bancaires mutualistes. J'ai d'ailleurs été embauché par une de ces banques mutualistes. Tout cela permet à beaucoup d'échapper à la grande pauvreté. De plus en plus de zones végétales sur les toits ou dans des cours se transforment en jardins potagers. Heureusement les belles plantes et fleurs n'ont pas complètement disparu. Certains ont ramené des volailles de lointaines campagnes. J'ai même vu quelques vaches qui fournissaient du lait à tout un quartier. Ainsi des zones presque autosuffisantes se développent, les habitants produisant leur électricité et certains aliments sur place. Des échanges existent aussi avec les autres quartiers et cités. Ces zones n'ont pas été supprimées par le nouveau pouvoir car elles coûtent peu à l'État. Et je crois qu'une intervention armée aurait entraîné une guerre civile à laquelle personne n'avait intérêt. De plus avec le temps la guerre contre les robots s'est terminée, même si certains extrémistes, de plus en plus minoritaires, continuent à attaquer des magasins et usines de fabrication. Nous, nous sommes vite rendu compte qu'éradiquer tous les robots était impossible. Et aussi beaucoup d'entre nous sont fans de technologie. Ainsi, nous avons même acquis ou volé quelques robots pour notre usage. Bien sur cette évolution ne s'est pas faite en un jour. Il y eut de longues discussions sur les réseaux sociaux ou lors de meetings. Maintenant ce qui nous importe le plus est de réussir à mettre en place des réseaux de solidarité, favoriser l'économie participative, réorganiser la ville. Les robots n'étaient pas en soi le problème. C'était leur irruption massive à bas prix sur le marché qui avait provoqué la crise. Je me rappellerai toujours de ce jour où l'on commençait à se demander s'il fallait vraiment éradiquer les robots. Nous avions fait une descente dans un laboratoire de pointe en robotique. Déjouer tous les systèmes de sécurité n'avait pas été une mince affaire. Nous avions alors rencontré la directrice de ce centre qui avec beaucoup de conviction et de clarté nous avait expliqué les derniers développements des recherches dans ce domaine et elle nous avait présenté Xavier un robot de dernière génération. Elle nous l'offrait, nous supplia de ne pas le détruire. C'était un robot de conversation. Il possédait toute une bibliothèque de récits qu'il pouvait raconter. Il était aussi capable de discuter. Pour le moment les discussions étaient limitées. Mais grâce à de puissants algorithmes d'apprentissage il évoluerait.

Elle nous proposait de lui apprendre à discuter, raisonner mieux, pourquoi pas rêver....Nous l'avons donc adopté.

Vingt ans ont passé, les temps se sont apaisés.
Toute cette période de la grande révolte des années 2050 peut être retrouvée dans la collection de holos de Xavier, notre vieux robot de conversation, voisin et ami qui a connu avec moi cette époque. Je vis dans les faubourgs d'une grande ville du nord de la France. Avec 10 autres groupes nous partageons une éolienne et plusieurs dizaines de capteurs solaires pour nous fournir en électricité. Nous élevons quelques animaux, et cultivons des légumes, des fleurs aussi bien sur, et avons une ferme d'insectes comestibles. L'espace de la ville est ainsi partagé entre quelques milliers de communautés, chacune presque autosuffisante.
Aujourd'hui, après les compétitions de surfeurs des rues, Xavier nous a invité à une soirée de contes autour d'un grand feu holographique. Au delà des forêts que l'on voit de notre place, le soleil couchant embrase les murailles de cristal d'une lointaine cité interdite.

Kaléidoscope

Ca y est je suis dans l'avion comme l'indique mon portable qui est en mode avion. On décolle pour un vol qui durera 6 h. Je sors un cahier et un stylo. J'aurais peut être le temps d'écrire, réussir ainsi à sortir de ma tête quelque histoire tentant de créer une autre réalité avec des personnages que je connaitrais si bien. Des autres idéals car c'est moi qui dessine leur caractère, leur destin. Ainsi, il ne comprend peut être rien à sa femme, mais moi l'auteur je sais. Alors que vis à vis de ma femme je me perds dans des émotions absurdes, de fausses interprétations.

Je ne comprends pas pourquoi il a écrit çà. Pourquoi il m'a créé si maladroit. Est ce que je peux faire quelque chose de ce qu'il a fait de moi. Quelle est ma liberté. Ce serait quand même sympa de pouvoir le rencontrer cet auteur de mes jours, discuter longuement avec lui ou elle.

Pour moi c'est elle. Elle était ange gardien auparavant. Puis elle a eu l'opportunité de passer créatrice d'humains. C'est quand même vachement mieux que de devoir corriger les erreurs de scénario plus ou moins intéressantes. Une fois elle avait du passer toute la nuit sur le toit de sa voiture car il avait laissé la clef sur le contact. Faut dire que le maraudeur qui avait voulu se mettre au volant pour une petite balade avait failli mourir de peur.

Enfin maintenant elle est dans la création.

Mais à noter que les meilleurs scénaristes ne peuvent pas tout prévoir du comportement, du destin de ces humains. Il reste une très grosse marge d'incertitude. Pour elle l'auteur il y a toujours l'autre. Comme chez soi. Elle a donc fini par comprendre que même créé, écrit, filmé dessiné l'autre est une hypothèse plus ou moins vérifiable. Je parie cependant que tous ces êtres de chair, de sang, d'humeurs plus ou moins gluantes, d'émotions sans raisons ne vont pas aimer cette représentation.

Mais il est temps de traverser la rue car de l'autre côté c'est l'aéroport où je vais atterrir avec une histoire impossible à réaliser, ce qui me frustre beaucoup.

L'autre

Ce jour là j'étais parti errer sur la lande pour rêver à l'air libre. Paysage que je commençais à connaître par cœur. Mais chaque fois heureusement un détail nouveau survenait du fait de mon humeur, de la lumière différente, d'un trajet malgré tout variable. Groupe d'ajonc sur la géométrie particulière d'une pierre, chorégraphie des mouettes sur fond de piaillements, fuite d'une bande de lapins …

Aujourd'hui j'avais repéré ce rocher au delà duquel je n'avais encore jamais été. Ayant franchi cette frontière fictive l'air s'était soudain adouci. La végétation n'était plus la même. Quelques fleurs fuchsia, rouge, orange, jaune soleil agitaient leurs pétales dans de légers courants d'air. Le terrain descendait doucement vers la mer dont la couleur bleu cyan s'agitait de vagues à l'écume lumineuse. Sur cette lande les rochers sombres très nombreux se dressaient tels des statues pour encadrer les pas des voyageurs. Et à un moment, de derrière l'un de ces rochers je sentis un regard. Oui, il ou elle était bien là à me regarder fixement et moi de même. Nous sommes resté un bon moment l'un en face de l'autre à nous dévisager. Elle, car elle avait de très beaux seins, semblait être comme un genre de lémurien. Elle était debout, d'une taille à peine inférieure à la mienne. Des poils soyeux formaient comme un damier orange et jaune sur son corps. Une queue qui sans être celle d'un marsupilami était très longue et se dressait au dessus de sa tête en enroulements successifs. Ses yeux immenses et sombres lui mangeaient la moitié du visage. Derrière ses lèvres charnues apparurent de petites dents pointues quand elle me sourit. Elle finit par me quitter pour se diriger vers la mer. Elle ne marchait pas mais semblait plutôt danser avec tant de grâce. Ses poils virevoltant au soleil la nimbaient d'une aura lumineuse. Je la suivis tranquillement. Elle n'était pas effrayée, comme si elle m'invitait. Nous étions juste à quelques mètres de l'eau quand je constatai qu'elle avait fait apparaître des membranes entre les doigts de ses mains et de ses pieds. Extraordinaire, elle était donc comme un lémurien ou singe et un palmipède. Les palmes rétractables, belle invention de la nature. Elle se retourna vers moi et m'offrit un sourire enjôleur. Elle me plaisait follement. J'en avais des frissons délicieux dans tout le corps. Et alors, soudain, elle se précipita dans l'eau en poussant des petits cris de plaisir, disparut rapidement dans le ventre d'une grosse vague, puis se mit à chanter. C'était sublime.

Allais-je la rejoindre? Je n'avais plus de volonté. J'avançai dans l'eau automatiquement. Le roulement d'une vague immense m'hypnotisa, m'engloutit. J'étais dans la lumière, tourbillonnant comme un feu follet, dans son chant, bercé comme un enfant. Les courants d'eau me caressaient. Je découvris ses yeux immenses qui me regardaient, ses seins magnifiques qui s'approchaient de ma bouche. On s'enlaçait. Je buvais le nectar de ses tétons. Et toujours ce chant hallucinogène. C'était l'extase. Je buvais, buvais, m'étouffais. Je me noyais. Ses petites dents se rapprochèrent de mon cou.

Elle me mordit profondément. Mon sang gicla en arabesques rouges dans la transparence de l'eau. Elle le but avidement. Je n'étais plus que ce mouvement du sang où ma vie passa puis disparut. Combien de voyageurs de l'inconnu moururent heureux dans ses bras, sous ses dents, enivrés par son chant ?

Elle, en ce jardin

Je ne sais pourquoi, je sentis soudain comme une vibration dans l'espace de mon corps jusqu'en ses extrémités. D'où cela venait-il ? J'étais seul au milieu de ce jardin. Je réalisai bientôt qu'il s'agissait de l'assemblage de couleurs de ce parterre, d'une odeur particulière en partie remémorée et de la voix, du chant d'une femme qui remontait à si loin, caressant sublimement une foule de neurones absolument ravis. Je ne sais qui elle était, peut être n'a-t'elle jamais existé. Et pourtant j'étais là, dressé, désirant ardemment me fondre à ses couleurs, ses odeurs, son chant même si cela n'est pas conseillé aux marins qui voguent à travers les jardins. Mais quelle jouissance !
Pourtant, j'aurais dû me méfier. Elle m'avait dit en ouvrant une porte dérobée :"promènes toi en ce jardin, en m'attendant. Je te rejoindrai bientôt."
Tu ne le sais pas encore, dit-elle avec salacité mais mon obsession est de procurer le plus grand plaisir à mes amis. Surtout à toi qui semble l'innocence même.
J'étais encore en ce jardin où elle m'avait demandé de l'attendre. Ma conscience émergeait à peine de cet état de jouissance hallucinatoire après la fréquentation de ce parterre sublime, que je perçus une montée de vapeur. Non pas de moi bien que je fus encore très chaud, mais du jardin lui même. Je me sentis très bizarre, l'impression d'être dans un genre de sauna très particulier, avec la conscience qui

s'effilochait et la sensibilité de plus en plus à vif. Et soudain, m'approchant de l'une de ces fleurs géantes au parfum enivrant je la vis surgir d'entre ses pétales à demie nue. Son sourire et les ondulations de son corps étaient une invitation formidable et cela déclencha le dressement ardent de mon 5ème membre, en état de désir fou de son corps. Mais alors que j'étais tout proche, elle s'esquiva. Petit jeu de poursuite quelques temps puis l'on se retrouva enfin au fond d'un buisson tout doux (oui c'est un jardin 4 *) pour consommer de délicieux péchés de chair dont la chorégraphie et la sonorisation furent exceptionnelles et feront partie de la prochaine exposition d'art contemporain au centre Pompidou.

Lutines

Leurs cheveux sont éparpillés au dessus de la terre. On croirait des herbes un peu plus folles que celles rencontrées d'ordinaire car parfois agitées de soubresauts frénétiques comme si un vent impétueux soufflait de toutes ses forces. Mais souvent elles ont l'air si sage, semblent juste de l'herbe commune alors qu'elles sont les cheveux de lutines. Et par dessous à l'insu des humains ordinaires leurs corps voluptueux sont pris de jouissances ultimes au passage de certains êtres des bas fonds, parfois

Tableau

Il est l'heure de changer d'horizon. Tu avances au sein de la route dessinée sur le tableau au bord de la route. Les herbes s'agitent sous tes pas car la route est de campagne. L'horizon ondule sous l'effet des collines. L'horizon est perpétuellement changeant si l'on change l'échelle de temps. En temps normal on ne se rend pas compte. Il faut se remémorer. L'horizon fuit toujours, inatteignable. Le monde a toujours un bord qui est son horizon. Le monde est fermé dans le tableau et pourtant tu sais que tu es ailleurs dans un autre monde. La lumière a une autre qualité. La géométrie fractale des formes est autre. Dans son regard tu t'éloignes. Dans son regard elle cherche le tien où tu te tiens. Dans son regard tu te baignes ; le paysage se floute. Elle est si loin et pourtant en son regard tu te sens en elle, la ressens de tout ton corps, tes nerfs, ton coeur.
Il y a là la route, le tableau, son regard.

A bout de souffle

Le chemin qui n'en fini pas monte. Cela souffle. Je souffle. Par moment je crois entendre un chat miauler, mais c'est moi. Le tournant là bas, peut être le sommet. Mais non, peut être à cet autre tournant, mais non et cela pour toute une suite de tournants jusqu'au bout du souffle.

III Quelques disparitions

Statue en fuite

Dimanche matin. Il a plu un peu, le ciel est d'un gris encore mouillé. J'entre dans le parc désert. Un robot rose passe en trottinant, son clavier de commandes sur le bras. Au milieu de l'herbe terreuse, parsemée d'un mégot de temps en temps, se dresse une stèle blanc gris, vide. Je constate la présence d'une tige de métal rouillée qui a été coupée. Il devait y avoir là une statue qui s'est enfuie un beau matin. Mais plus tôt sans doute, longtemps avant l'ouverture du parc. Cela fait si longtemps que les traces de sa fuite sont presque entièrement effacées, en tout cas invisibles au commun des mortels. En entrant dans une profonde méditation qui m'ouvre les portes d'un rêve éveillé, je distingue dans l'herbe la trace de ses pieds nus qui se poursuit jusqu'à la grille des écoles. Après c'est un peu plus difficile à suivre mais j'y arrive quand même. Enfin près de la chocolaterie je perçois une perturbation de l'espace temps. Cette femme charmante, si sexy venait donc du parc. J'irai lui acheter quelques chocolats pour profiter de ses sourires, entendre sa voix si caressante. Oui aujourd'hui le parc est bien insolite. En allant vers un espace près d'une grande statue de bronze où sont quelques tables pour pic-niqueurs, j'ai vu un homme allongé sur un drap blanc, sur une des tables. Je n'ai pas pu le prendre en photo car repéré et cela me gênait.

Disparition

Je l'attendais. Mais dans toute cette vie, le pépiement des oiseaux, le mouvement des couleurs, je ne la trouvais pas.

Je l'attendais, mais elle n'était plus là. Alors je n'étais plus.

On se trouve souvent dans des situations de malentendus et dans le domaine des sentiments c'est le pire car il faut interpréter, agir dans l'instant.

Je suis dans l'âge des poils blancs, de la sortie du monde du travail. Cela se voit certainement, même si je continue à bouger pour que l'on croie que je suis vivant.

Je ne sais pourquoi ni comment j'ai entamé le jeu d'une relation avec elle. Je la trouvais très sexy. Elle semblait assez âgée pour que je tente ma chance. Dans ce magasin il n'y avait parfois personne. On a souvent plaisanté ensemble. Elle me racontait sa vie, ses soucis. Je draguais gentil. Puis un jour je lui ai demandé si elle voudrait bien que je lui offre un verre. Avec plaisir dit-elle. Mais il ne se passa jamais rien, nul rendez-vous. Et un jour elle n'était plus là. Elle avait quitté ce travail ou avait été renvoyée. Alors bien sur cette histoire trop réelle est un peu bête, tombée au fond d'une impasse. Je veux dessiner une porte, la poursuivre fictivement.

C'est comme cela qu'un jour je l'ai rencontrée dans la rue. Un soupçon d'hésitation, allait-elle m'ignorer, m'éviter. Puis son visage s'éclaira. Je lui serrais affectueusement la main.
''Eh bien à une prochaine'' dit elle.
''Non à tout de suite'' dis je et je lui emboîtais le pas.
''Mais je ne sais pas où je vais'' dit elle
''Aucune importance, moi non plus.''

" Mais qu'est ce qu'il veut. Je le trouve sympa cet homme. J'aimais bien discuter un brin avec lui au magasin. Et puis chez moi on a toujours du respect pour les gens âgés. Il veut m'accompagner. Bon laissons le faire."

Un long moment de silence. Et ainsi les rues grises défilaient avec leur vrombissement automobile.

" Il y a quelques boutiques de fripes où je me serais bien arrêtée pour rêver un peu. Mais si je m'arrête il voudra peut être se rapprocher et je risquerais de le vexer. Alors je continue à marcher."

Nous sommes bientôt arrivés à un parc. Les cris des enfants commençaient à s'éteindre car c'était l'heure de rentrer à la maison. Au détour d'un arbre je me rendis compte qu'elle n'était plus là.

''Etrange, je reviendrai là'' me dis je, le cœur quand même un peu chaviré. Contrarié par cette disparition.

"Tiens, nous sommes dans un parc. Les enfants commencent à déserter les bacs à sable. Mais il n'est plus là. Peut être qu'il en avait marre de ne rien dire, rien faire."

L'homme et la femme ont ainsi poursuivi leur chemin, disparus l'un à l'autre sans s'en rendre compte.

Berceuse

L'homme se berçait d'illusions. Cela faisait un doux balancement qui le caressait suavement.

Enlèvement

Vrombissement dans le ciel. Ce n'est pas un frelon ou alors très gros. Un hélico. Mais il se rapproche de plus en plus et se pose devant moi sur l'herbe. 3 hommes (ou femmes ?) en noir en surgissent et se précipitent sur moi. Je n'ai pas le temps de finir la phrase sur mon carnet. Ce n'est pas avant longtemps que je connaîtrai la suite des aventures d'Ernest Lejoyeux, alors qu'il vient juste de dégager le chemin en coupant quelques lianes et qu'un terroriste va bientôt croiser sa route ...

Je suis donc maintenant maîtrisé bien que je n'ai opposé aucune résistance, ne comprenant rien. Je suis poussé dans le fond de l'hélico près d'un énorme chat ligoté comme moi qui miaule désespérément et ....

Dans les journaux "disparition incompréhensible"

Sa femme qui ne le voyait plus beaucoup car ayant dépassé la date de péremption, mis à la retraite, il était devenu quasiment invisible. Sa femme, donc, fini par s'apercevoir de sa disparition. Oh ! Pour pas grand chose, un détail. On était au début du printemps et souvent il se mettait au soleil de la fenêtre ce qui créait une ombre sur ses ouvrages en cours. Et alors elle lui demandait, gentiment bien sur, de se pousser un peu sur le côté. Ors en ce premier jour de soleil depuis longtemps il n'y avait plus d'ombre. Donc son cerveau un peu engourdi se rendit compte qu'il n'était plus là.

Oublié son nom

J'ai oublié son nom. Elle m'attendait au bout du petit chemin envahi par les herbes folles. Un courant d'air a transporté son parfum jusqu'à moi. Délicieux, si doux mais avec une petite pointe de tabac.
Je ne sais plus son nom. Elle ressemble au Lilas, mais avec des grappes plus larges et pâles. Non ce n'est pas ça. Quel est son nom à lui. Seringua ? Non
Bon je ne retrouverai pas. Alors je demande à une de ses amies qui passe par là. GLYCINE. Enfin donc je sais.   Son nom est Glycine.

Labyrinthe

Les lumières multicolores des guirlandes de Noël suspendues sous l'arche de bois transformèrent les deux hommes en arlequins lorsqu'ils passèrent dessous pour gagner le Campo San Stephano.

C'était jour de fête nationale. Les deux hommes cherchaient leurs amis. Ils devaient se retrouver devant la boutique des masques. Mais personne. Armando et Pierre étaient un peu inquiets. Beaucoup de jeunes femmes voulurent les entraîner dans leur danse. Partout les gens dansaient au son des musiques les plus diverses.

Armando reçu enfin un appel sur son portable. "Où êtes vous ? On a perdu Amandine". Non ils n'avaient pas vu Amandine.

Ils se retrouvèrent enfin, mais point d'Amandine.

"Sûr qu'elle a séduit un beau ténébreux qui l'a enlevée" dit Pierre

"Ou plutôt son portable est à court de batterie et elle s'est perdue"

" Il faut rester près du lieu de rendez-vous. Elle finira bien par nous retrouver."

Emilie reçu alors un SMS " Amandine ne viendra pas ce soir"

"Mais qu'est ce que ça veut dire !" s'emporta Armando. "Rappelle le correspondant"

"Impossible. C'est un numéro masqué"

"Alors, qu'est ce qu'on fait ?"

"Aller voir les flics ? Mais c'est un peu maigre."

"Peut être enquêter nous mêmes."

"Allons chez elle, puis demandons aux voisins s'ils l'ont vue"

Une heure plus tôt Amandine sortait de chez elle. Elle caressa le chat roux de l'escalier, puis s'engagea dans la rue. Quelques dizaines de mètres plus loin elle réalisa qu'elle avait oublié son portable et retourna donc en arrière. Elle suivit du regard le vol d'un oiseau, tourna ainsi dans une autre rue, puis réalisa qu'elle n'était plus sur le bon chemin. Elle tourna dans une autre rue, mais elle ne reconnaissait rien.
 "Bon, refaire le trajet en sens inverse."

Armando, Pierre, Emilie, Léon et Marie sont dans la rue où habite Amandine. La logeuse l'a bien vue sortir. Le chat de l'escalier qu'elle a caressé avant de la saluer le confirmera.
Toujours le message vocal quand on appelle le portable d'Amandine.

Amandine erre dans le dédale de rues près de chez elle. Elle commence à paniquer, ne croise personne. Elle avait entendu parler d'une zone de la ville qui s'appelait le petit labyrinthe où parait-il des gens disparaissaient chaque année. Bon, se poser. Déjà savoir où sont le nord, le sud, l'est et l'ouest. Mais elle est incapable de déterminer cela sans repères. Alors retrouver attentivement par où elle est passée. Idée ! Elle retrouve au fond d'une poche un bout de craie de l'école où elle travaille. Elle trace un premier signe sur un mur, avance au bout de la rue, tourne à gauche, trace un autre signe. Soudain elle voit quelqu'un passer au loin. Elle appelle. Pas de réponse. Il continue sans se retourner.

Bon là à droite. Mais c'est une impasse.

Elle retourne en arrière.

Tient elle croyait avoir tracé un signe là, mais il n'y a rien qu'un dessin d'enfant.

Un peu plus loin elle retrouve son premier signe. Mais elle ne se souvient pas être passée par là. Un ruisselet cours au milieu de la rue. Il n'était pas là avant. Et puis les fenêtres des maisons ne ressemblaient pas à celles là. D'ailleurs tout est éteint comme si les lieux étaient inhabités. Ils sont peut être tous partis à la fête. Un lampadaire diffuse une lumière vague. Un petit chien poursuivi par un énorme chat passe en aboyant plaintivement. Tiens ici un petit escalier qui descend et mène à une porte d'où diffuse une lumière jaunâtre.

La bande de ses copains a interrogé presque tout le monde dans le quartier.

En vain !

Amandine descend les quelques marches et frappe à la porte. Un homme au regard sombre lui ouvre.

" Ah ! Enfin te voilà" dit-il.

Mais elle ne le connaît pas.

Trois jours plus tard Amandine n'était toujours pas réapparue. La police était maintenant informée de sa disparition. Il y avait ce message de l'inconnu qui laissait penser à un enlèvement. Mais aucune revendication, aucune demande de rançon.

Amandine voudrait bien retrouver ses amis, sa famille. Pourtant elle sent bien que sa vie est ailleurs maintenant. "Quand tu sera prête" dit il "On ira faire cette balade".

Arbres penchés

Avez-vous remarqué que souvent, au bord des chemins, les arbres se penchent vers vous. Par endroit cela finit par créer une voûte. Ils se penchent vers ce chemin que vous empruntez pour vérifier que vous le rendrez.

Pérégrination

Chaque jour il pérégrinait. Toujours le même parcours à peu près. Puis il y eut des travaux. Son trajet s'en trouva fortement complexifié. 'Piétons traversée obligatoire' Ruelle interdite car complètement défigurée, impraticable avec ses intestins à l'air. Il lui faudrait maintenant passer devant l'église, ce qu'il n'aimait pas trop car immanquablement les quelques gargouilles, là haut, ricanaient sur son passage. Mais, bon, il put quand même détourner ainsi son chemin en s'armant de quelques préjugés comme quoi les gargouilles étaient des anges qui avaient eu une enfance malheureuse à errer sans trop d'idées dans les vastes terrains vagues de l'oubli où s'étaient perdus pas mal d'espoirs, d'idées vaines....

Puis les travaux évoluant, les détours aussi se détournaient et un jour il se perdit. Bien sûr tout cela était voulu car il n'avait pas sa place en ce monde où il l'avait perdue ELLE. Un jour de grand vent ELLE s'était envolée car elle était Putéolienne (habitant Puteaux)"femme légère aimant les courants d'air" Alors il n'existait plus ....

Enfants cachés

Des enfants se cachent dans les parcs pour être retrouvés. Mais leurs parents perdus dans l'écran de leur smartphone les ont oubliés ....

IV Étrangetés dans les parcs, rues, forêts

Machines

Le parc est désert sous un ciel gris humide. Quelques rares joggeurs circulent dans les lointains. Des machines échappées de je ne sais où en profitent pour se bouger, apparaître dans quelques allées où elles avancent en grognant, stridulant, vrombissant pour je ne sais quel projet, dans je ne sais quel but.

Parc

Dans ce parc, première zone de sable pour enfant. Ils ont attaché le monstre en bois vert avec des yeux coquillage. La laisse est rouge et blanc. Mais il semble complètement ligoté. Peut être ce petit monstre sautait-il trop haut au risque de perdre dans les nuages les enfants qui le chevauchaient.

Plus loin je découvre une autre aire de jeux. Dans une poussette à deux compartiments un petit garçon joue avec sa petite sœur derrière. Ils ne risquent pas de s'échapper. Ils sont attachés. Une autre poussette à deux places arrive près du cercle de sable. La dame africaine qui les accompagne a du mal à les extraire, une de ses mains occupées par un téléphone. Les femmes noires ont lâché leurs petits blonds. Intéressant de voir les interactions entre tous ces enfants. Deux garçons ont pris la pelle rose de la fillette avec un beau chapeau. Elle pleure un peu. La nounou des garçons intervient.

Puis c'est l'heure tranquille, petit souffle d'air parmi la lumière qui filtre des arbres; pépiements d'oiseaux plus ou moins loin. Si calme; les cris des enfants se sont éloignés vers l'heure des repas. Ceux que les nounous ont perdus dans les hautes herbes ne reviendront pas. Ils sont partis peupler d'autres rêves.

Dehors, dans la rue, je vois surgir quelques enfants du parc. J'ai imaginé que je pourrais me louer comme grand-père. *"Venez essayer votre grand-père. 2 heures gratuites. L'essayer c'est l'adopter". Certaines mères reconnaissantes me feraient des bisous, parfois même de super câlins. Dans cette rue de pavillons de super cadres une boutique de grands parents s'est ouverte.*

Dans ce quartier la demande est forte car beaucoup se séparent, ont des enfants seuls grâce aux progrès de la médecine. Enfin donc beaucoup d'enfants presque sans famille, en tout cas sans grand-parents. Dans la boutique nous sommes 3 grands-mères et 2 grands-pères à l'exposition. C'est à dire que nous avons chacun un aquarium où moi je lis, d'autres sont plongés dans leur smartphone et les grand mères souvent tricotent. Quand ils sont loués, certains ont du mal à revenir Parfois ....

Bizarre

Ce matin j'ai vu un type avec une veste rouge un peu ridicule, qui trottinait dans le parc vers les cascades. Visiblement c'était moi. Arrivé devant le premier bassin, il s'arrêta, sembla réfléchir un peu puis franchit la petite rambarde et descendit sur l'eau où il marcha quelques instants. De l'autre côté en un petit bond il se retrouva sur le bord puis passa par dessus la rambarde métallique et reprit son trottinement... Bon, étais-je un dieu ce jour là ?

Je poursuis mon chemin

Bientôt une sirène verte sortie probablement du deuxième bassin passe à vélo entre les arbres dans le vert de l'herbe. Plus loin elle a couché le vélo au bord d'une clairière. Elle a sorti un ballon avec lequel elle joue un peu sans conviction car elle est seule. Il faut être deux au moins pour un ballon. Mais peut être est-ce une technique de drague. Les hommes qui voient ce ballon essayer de jouer seul vont s'approcher.

Le jour suivant, dans le bas du parc j'ai vu un homme penché sur le grand cercle de métal d'une bouche d'égout. Il tient son portable à la main et visiblement essaie de le faire passer par le petit trou au centre. Mais en vain. Puis il fini par penser à plier cet objet rectangulaire et peut alors l'enfiler dans le trou. On entend un flop alors qu'il atterrit au fond puis "Allo Marcel c'est toi ?" "Oui c'est moi. J'ai eu un mal fou à te joindre, l'ouverture était trop étroite. J'ai du me plier pour passer ''.

Un autre jour j'emprunte le long, très long escalier roulant de la rue Feudon. Il démarre tout doucement, accélère, accélère de plus en plus. Je ne suis pas encore au bout de la montée. La vitesse est déjà vertigineuse. En haut, loin, le ciel gris sombre s'ouvre, se déchire sur du bleu où je vais me perdre, puis je décris une belle parabole en fonction des lois immuables de la physique et tombe dans une grande flaque d'eau profonde au milieu des rugissements de bêtes apocalyptiques qui tentent de me dévorer puis se détournent dégoûtées car je suis trop sucré.

Boules de neige

Après tout ce gris neigeux, la lumière est revenue. Grands coins de ciel bleu. Les arbres dont les branches s'agitent nous jettent des boules de neige.

La femme du parc

Cette histoire est réelle. Cependant le point de vue et les interprétations ont été volontairement biaisés.

Après un transport long et pénible elle était enfin arrivée et s'était installée dans ce petit bois en bas du parc de St Cloud. Elle s'y était fièrement exposée avec sa trottinette, son ballon de foot bleu sous le bras, son casque 3D sur le visage...Enfin, arborant quantité de signes de sa modernité si sexy.

C'est un matin lors d'une promenade que je l'avais rencontrée. Elle était là dans le cadre de l'Art Outdoor Experience. Non loin d'elle, deux ours et un rhinocéros fun avec des tatouages fluo Peace and Love etc... Mais elle, était dans son univers de femme hyper moderne chevauchant des réalités virtuelles via ses méga lunettes accrochées à son visage.

Pour moi elle était japonaise, avec ses cheveux noirs, sa taille fine ...

Sa place était entourée par des rubans noir et jaune comme pour délimiter une zone de chantier ou une scène de crime. Dans cet espace en face d'elle, à sa droite, sur une petite table, gisait un ordinateur portable couvert de poussière qui semblait hors d'usage. A sa gauche sur une autre table une représentation monstrueuse de mouton, tout dégoulinant, constitué par un genre de glue translucide gris pâle de la taille d'un chiwawa. Mais en fait, peut être s'agissait il réellement d'un chiwawa abominablement transformé, fruit de manipulations génétiques extrêmes.

Quand je suis repassé quelques jours plus tard, elle n'avait plus sa trottinette (abandonnée, perdue, volée ?). Mais elle était toujours plongée dans la réalité virtuelle de son casque 3D, son ballon bleu sous son bras droit. L'ordinateur poussiéreux et la monstruosité gluante n'avaient pas bougés.

Je suis ainsi repassé plusieurs fois en ce lieu où elle s'exposait. Et puis un jour je découvris une scène d'horreur. La belle japonaise était sortie disloquée hors de ses mondes 3D probablement durant la nuit. Auprès de son corps tordu dans sa robe maculée de boue, ses deux bras arrachés gisaient. Sa tête toujours branchée à son casque 3D était dans une position improbable. Le ballon bleu avait disparu. Oui, seul un pervers avait pu commettre ce crime. Il avait du profiter d'un orage épouvantable la nuit précédente pour mieux éparpiller les éléments de l'apparence de ma belle japonaise.

Quelques jours plus tard son casque 3D avait été enlevé. Je réalisais alors que cette femme n'était pas du tout japonaise. Elle était d'origine caucasienne comme on dit dans les hôpitaux.

Alors que l'exposition dont elle faisait partie s'était terminée, les restes de son corps disloqué gisaient toujours dans cette zone délimitée par des rubans jaunes et noirs. Elle semblait avoir été abandonnée, comme si l'agression de son apparence avait été complètement ignorée.

Et puis un matin je constatais que la place avait été nettoyée. Plus aucune trace.

Deux bandes d'enfants menées par de grands animateurs avaient investi le sous bois.

Près de l'endroit où se trouvait la belle, juste au milieu de l'herbe, un nez rouge de clown.

Horde de poussettes

Une horde de femmes de toute espèce roule leurs poussettes chargées de bébés, accompagnés de leurs frères et sœurs. Cela crée un nuage de poussière empli de pépiements. Les girafes étonnées interrompent un instant leur mastication de feuilles d'acacia, contemplant les mouvements de cette troupe qui avance vers le soleil couchant au delà duquel la nuit les absorbera, signera sur un grand registre leur disparition jusqu'au lendemain.

La bête

Dans le parc, lumières scintillantes d'hiver. Là bas une bête mécanique se réveille, souffle rageusement sur quelques feuilles pour les rassembler avec ses congénères en sombres tas immenses. Quelques instants de calme dans lesquels le cri de corbeaux et quelques autres oiseaux. Et puis la bête reviendra nous souffler dans les oreilles ... rassembler toutes ces morts de l'automne, toutes ces feuilles de plus en plus marrons, noires parfois, toujours sombres qui seront laissées à mourir, pourrir dans de vastes prisons pour devenir....

Le cimetière des arbres

Dans cette clairière quantité d'arbres sont tombés, ont été abattus. Leurs corps aux membres éparpillés jonchent le sol. Quelques branches mortes se tendent encore vers le ciel. Les troncs massifs affalés dans la terre se font tout doucement sucer la sève par des ribambelles de lierre, accompagnées d'herbes folles, de ronces avec tous ces piquants pour déchirer et d'orties pour irriter les visiteurs. Ils s'oublient, ne sont plus que l'ombre d'eux-mêmes.

Plus loin 2 arbres dessinent comme une porte sur un au delà où peut être vont migrer l'âme des anciens arbres abattus. La photo ne rend rien, bien sur. Le passage est très lent, indiscernable, juste comme un reste de ce qui ne peut être transformé en autres vies végétales, insectoïdes, champignonesques, microbiennes, moléculaires.

Mais l'ombre immense reste.

Les anciens Glubs

Après une longue marche à travers des sentiers boueux, sous les cris de bandes de corbeaux signalant quelques festins nécrophiles, j'atteins ce petit plateau où sont rassemblées des pyramides tronquées qui désignent l'emplacement où nous ont quitté l'âme d'anciens Glubs. Leur mémoire continue de tracer les chemins invisibles de ce lieu. Parfois des vieillards viennent y sacrifier quelques rêves

Sommaire

I Fragments de vie

Metro	p 10
La course	p 11
Chemins de perdition	p 13
Le don	p 13
Chanteur	p 15
C'est bête en trompe l'œil	p 16
Sur le côté de mon regard	p 17
A Alice	p 20
Transport	p 20
Ne me quitte pas	p 22
Ces autres	p 23
En tenue de camouflage	p 24
Sidération	p 25
Rêverie	p 26
Substance cris	p 26
Copulations nuageuses	p 27
Nouvelle Babylone	p 29

II Ailleurs

Dragon	p 32
La mer	p 36
Je me tenais debout	p 41
Trottinette	p 45
Un temps de robot	p 46
Kaléidoscope	p 60
L'autre	p 62
Elle, en ce jardin	p 65
Lutines	p 66
Tableau	p 67
A bout de souffle	p 67

III Quelques disparitions

Statue en fuite	p 69
Disparition	p 71
Berceuse	p 73
Enlèvement	p 74
Oublié son nom	p 75
Labyrinthe	p 77
Arbres penchés	p 81
Pérégrination	p 82
Enfants cachés	p 82

IV Etrangetés dans les parc, rues, jardins

Machines	p 84
Parc	p 84
Bizarre	p 86
Boule de neige	p 87
La femme du parc	p 88
Horde de poussettes	p 92
La bête	p 92
Le cimetière des arbres	p 93
Les anciens Glubs	p 94